Wir danken der Familie Vieser für die Aufenthalte im „Heisle", die uns die Gelegenheit gegeben haben, Graubünden kennen zu lernen.

AF199846

Horst-Dieter Radke

Sagenhaftes Graubünden

edition eisberg

Impressum

Bibliografische Information der Deutschen Nationalbibliothek:
Die Deutsche Nationalbibliothek verzeichnet diese Publikation in der Deutschen Nationalbibliografie; detaillierte bibliografische Daten sind im Internet über http://dnb. dnb.de abrufbar.

© 2023 Horst-Dieter Radke

Umschlag: Jörg Lingrön
Fotos: Horst-Dieter Radke

Herstellung und Verlag: BoD – Books on Demand, Norderstedt

ISBN: 978-3-7504-6145-1

Graubündener Volkserzählungen

Graubünden – oder rätoromanisch Grischun – ist der flächengrößte Kanton der Schweiz, geprägt vor allem durch Berglandschaften, da er vollständig im Gebiet der Alpen liegt. Amtssprachen hat er gleich drei: Deutsch, Rätoromanisch und Italienisch. Der Kanton ging 1803 hervor aus dem Freistaat der drei Bünde, 1471 bereits gegründet. Den Namen bekam er von dem bedeutendsten, dem Oberen oder Grauen Bund.
Der Graubündener Schatz an Volkserzählungen – Sagen, Legenden und Märchen – ist reichhaltig und wurde überwiegend im 19. Jahrhundert gesammelt. Vieles mag da schon verloren gegangen sein, aber selbst der Rest ist so umfangreich, dass die Auswahl schwer fiel. Die Quellen zu den einzelnen Sagen habe ich jeweils am Ende stichwortartig vermerkt. Die vollständige Quellenreferenz ist am Ende des Buches zu finden. Ganz zum Schluss habe ich noch eine persönliche Erinnerung an einen Besuch in diesem Kanton aufgeschrieben, der zwar keine Sagen enthält, für mich aber trotzdem sagenhaft war.

Die Sagen habe ich im Wesentlichen belassen, wie sie sind, nur in Rechtschreibung, Grammatik und Satzbau den heutigen Gewohnheiten angepasst, manchmal auch Kürzungen vorgenommen, dabei aber versucht, den ‚alten Duktus' dieser Erzählung zu erhalten.

Horst-Dieter Radke
Lauda-Königshofen, Juni 2023

Ortssagen

Die Wunschhöhle bei Arosa

Hinten im Schanfiggertal, hoch über dem Dorf Arosa, unweit vom lieblichen Schwellisee, steht einsam ein alter Ziernüßlibaum (Zirbelkiefer). Rings um ihn herum sind alle anderen Arven verschwunden. Hoch und mächtig ragt sie mit breitem Wipfel zum Himmel. Unter ihrer Wurzel sprudelt ein frischer Quell hervor. Sonntagskinder finden darin einen goldenen Schlüssel. Neben dem Baum sehen sie einen versteckten Eingang, der zu einer eisernen Tür führt. Wird diese mit dem goldenen Schlüssel geöffnet, so steht dahinter ein kleines Männlein mit weißem Bart und winkt dem Eingetretenen, ihm zu folgen. Sie gelangen in einen weiten Raum, der von Gold und Edelsteinen taghelle erleuchtet ist. Nun stellt das Männlein den Ankömmling vor die Wahl: Gold und Diamanten, soviel er tragen kann, eine goldene »Plümpe« (Kuhglocke) und eine verzauberte, schöne Jungfrau.

Wählt er den Haufen Gold und Edelstein, so wird er unermesslich reich. Nimmt er die Plümpe, so wird er das schönste Vieh im Lande haben. In beiden Fällen ist ihm aber nur wenig Glück hold. Erwählt er sich aber die verzauberte Jungfrau, so wird diese dadurch vom Bann erlöst, er sein Leben lang glücklich sein und keinen Mangel mehr leiden.

Der Letzte, der in die Wunderhöhle gekommen ist, war ein junger Kühjer (Kuhhirte) gewesen. Weil dem das liebe Vieh und das frohe Sennenleben über alles ging, hat er die goldene Plümpe gewählt. Das hat ihm die verzauberte Jungfrau übelgenommen. Wohl hatte er das schönste Vieh im Lande, aber ehe ein Jahr um war, ist ihm Stück um Stück in den Felsenschlünden am Erzhorn und im Welschtobel verloren gegangen, und er selber ist ganz jung und ohne je ein Mädchen geliebt zu haben gestorben.

(Jecklin)

In Waltensburg (Vuorz), einem Ortsteil der Gemeinde Breil (Brigels) steht die Ruine der Burg Jörgenberg. Sie ist die größte Burganlage der Talschaft Surselva. Erste Erwähnungen sind schon aus dem 8. Jahrhundert bekannt. Seit dem 17. Jahrhundert verfiel die Burg. Erstmals 1930 wurden umfangreiche Sicherungsarbeiten durchgeführt, zuletzt in den Jahren von 1997 bis 2001. Zwei Sagen werden mit dieser Burg verbunden. „Arve" ist eine alternative Bezeichnung für die Zirbelkiefer (Pinus cembra), ihre Samen werden „Zirbelnüsse" genannt, obwohl sie keine Nüsse sind.

Ritter Jörg von Jörgenberg

Die eine Sage handelt von einem Ritter Jörg von Jörgenberg, der erbarmungslos das Volk unterdrückte. Er war äußerst misstrauisch, verließ seine starke Burg selten, und ließ eine lederne Brücke verfertigen, die von dem hohen Bau bis an den Pfad der gegenüberstehenden Felswand reichte. Sie wurde zurück in das Schloss gezogen, wenn der Ritter darin schlief. Schließlich erhob sich das Volk gegen den Unterdrücker, belagerte die Burg, und zwang den Herrn durch Hunger zur Übergabe. Der Freiherr sollte sich als Gefangener stellen. Dem stimmte er schließlich zu, verlangte aber, dass seine Frau mit den Lebensmitteln, die in der Burg noch zu finden waren, in einem Korb frei aus der Veste ziehen möge. Diese Forderung wurde von den Landleuten akzeptiert und die Freifrau zog ungehindert mit einem großen Korb davon.

Die Sieger drangen in das Schloss, aber der Freiherr war nirgendwo zu finden. Er hatte sich in dem Korb versteckt, und alle Urkunden seiner Herrschaftsrechte mitgenommen. Diese wurden in seinem Exil von ihm geltend gemacht. Die Landleute, des Herrn Rechte ehrend, zahlten ihm und allen seinen Erben die schuldigen Steuern. Nur gegen die Willkür hatte sie Krieg geführt, nicht gegen das Recht.

(Herzog)

Dass die Frau den Mann bei einer Aufgabe der Belagerung durch List rettet, ist ein Motiv, das auch an anderen Orten vorkommt. So zum Beispiel in Weinsberg bei Heilbronn, wo die Frauen, denen freier Abzug gewährt wurde, ihre Männer auf den Schultern aus der Burg getragen haben sollen.

Sage vom Schatz hütenden Burgfräulein auf Jörgenberg

Eine zweite Sage erzählt von einem verzauberten Burgfräulein, die sich seit Jahrhunderten auf der Burg aufhalten solle.

An einem Winterabend in früherer Zeit machte sich die Dorfjugend den Spaß, mit Schlitten nach Waltensburg hinabzusausen. Kräftige Knaben lenkten die Gefährte, hinter den meisten saß jeweils ein Mädchen. Den Schluss des Schlittenzugs machte der Jüngste. Auf seinem Schlitten saß eine Jungfrau von atemberaubender Schönheit in seinem Rücken. Er traute sich kaum, sich zu ihr umzuschauen, geschweige denn, sie anzusprechen. Endlich überwand er sich und fragte sie nach ihrem Namen und woher sie komme. Sie antwortete, sie sei das Burgfräulein von der Jörgenburg. Dort warte sie seit vielen Jahren darauf, dass ein Jüngling sie erlöse. Das gelinge nur demjenigen, der es schaffe, bis zum

Läuten der Morgenglocke standhaft in von ihr selbst gezogenem Kreis zu bleiben. Kaum hatte sie das erzählt, verschwand sie.

Der junge Mann hatte ein mulmiges Gefühl, doch die Schönheit der Jungfrau und die Aussicht, sie zu erhalten, überwältigten sei Herz. Flechten trug sie, die wie fließendes Gold prangten. So machte er sich um Mitternacht auf zur Ruine. Das Burgfräulein, bekleidet mit einem edlen Gewand, erwartete ihn bereits. Sie zog sogleich den magischen Kreis, um sich dann zu entfernen. Kaum war sie fort, bedrängten den Jüngling schrecklich anzusehende Reiter auf feurigen Rossen, Wesen, die er nicht benennen konnte, zerrten und rissen an ihm, um ihn aus den Kreisen heraus zu drängen. Doch der Bursche blieb standhaft und harrte aus.

Endlich vernahm er zu seiner Freude den Schlag der Morgenglocke aus dem Dorf in der Ferne. Und er meinte, die erste Morgendämmerung wahrnehmen zu können. Frohgemut sprang er aus dem Kreis heraus, und in der Tat stand plötzlich die Jungfrau neben ihm. Doch sie weinte und wehklagte, dass sie noch viele Jahrhunderte mit all ihrem Gold im finsteren Turm liegenbleiben müsse. Sie sagte es und ließ den erschütterten Jüngling zurück. Der Klang der Glocke und der Schleier der Morgendämmerung – sie waren nichts als nur ein böser Zauber gewesen, um den Jüngling in die Irre zu führen. Das traf den Jungen schwer.

(Wikipedia)

Schatzsagen sind in allen Kulturen beliebt und bekannt. Meistens ist das Auffinden eines Schatzes an Bedingungen geknüpft und nicht selten ist auch ein Erlösungsmoment damit verbunden. Dass die Sagen üblicher-

weise mit dem Misslingen der Mission einher geht, gehört zum Typus der Sage, sonst wäre es ja ein Märchen.

Das bewachte Kegelspiel

Im Churer Talgebiet erheben sich über die Wiesenfläche mehrere kleine Hügel. Auf einem dieser Hügel, der ein Viertelstündchen von der Stadt Chur liegt, steht ein altes Häuschen, in dessen Keller lange Zeit ein goldenes Kegelspiel verborgen war. Das hätten manche gern erlangt, aber es war nicht so leicht zu bekommen, denn bei dem Kegelspiel hielt ein schwarzer Pudelhund mit feurigen Augen Wache. Jetzt soll das Kegelspiel von dem Eigentümer des Hügels gehoben sein.

Andernorts liegt in der Tiefe des Tobels ein großer Schatz. Den hat ein fahrender Schüler einst heben wollen. Auf der Kiste aber fand er einen schwarzen Ziegenbock. Als der Schüler diesen fortbeschwören wollte, richtete sich der Bock auf und eilte davon, einen schwefelartigen Gestank zurücklassend.

(Vernaleken)

Die Sage vom Schatzkegelspiel ist im gesamten Alpenraum verbreitet, außerdem in Süd- und Mitteldeutschland und in Frankreich. Eine Variante stammt aus dem Raum Chur.

Der Gletscher ob Flims

Ob Flims stand eine grüne Alp
In ferner Sagenzeit;

War einer Witwe Eigentum;
Ein reicher Mann hat' um und um
Wohl manche fette Weid'.

„Nie werd' ich geben euch die Alp,
Sie ist mein einzig Gut."
„Seht! Zwiefach zahl' ich sie jetzt euch."
„Ob zwiefach, zehnfach- alles gleich,
Es ist des Sohnes Gut!"

„Und wollt ihr nicht, die schöne Alp
Muss doch noch werden mein!
Seht hier den Schuldbrief; euer Mann
Hat mir ihn selbst gefertigt an,
Verpfändet die Alpe sein."

„Nie hat er euch die schöne Alp
Verpfändet, falscher Mann!
Er spart' für seinen Sohn sie auf,
Hat nie geschlossen solchen Kauf."
„Und doch hat er's getan!"

Und gingen vor den Richter gleich,
Zu schlichten ihren Streit;
Der Richter war dem Reichen hold,
Er war erkauft um schnöden Sold,
Zu jedem Spruch bereit.

Da nützte nicht der Witwe Schwur,
Der Witwe Klag' und Leid;
Es nützte all ihr Flehen nicht:
Der harte, reiche Bösewicht
Gewann den falschen Streit. –

„Schon seit drei Tagen ist sie mein,
Und hab' sie nicht gesehn;
Denn Regen rasselt, Donner rollt,
Und in den Bergen tobt's und grollt,
Und laute Stürme weh'n." –

Doch als der Himmel sich erhellt',
Die Sonne wieder schien,
Da eilt' er fort in schnellem Lauf,
Und als er kam den Berg hinauf
Fiel er zur Erde hin.

Denn wo der Witwe Alp gegrünt
War alles blau und weiß,
Und auf das weidenreiche Feld
Von unsichtbarer Hand gestellt
Ein Berg von lauterm Eis.

Es steht noch jetzt der Eiskoloss,
Ein Warner aus alter Zeit;
Er steht allein; denn um und um

Da blühen fort noch Gras und Blum',
In grüner Fröhlichkeit.

(Alfons von Flugi)

Alfons von Flugi, Jurist, Historiker und Schriftsteller, wurde am 13. Juli 1809 in Trun, Graubünden, geboren und verstarb am 11. Januar 1885 in Chur. Neben „Volkssagen aus Graubünden" schrieb er auch andere Werke, darunter historische Abhandlungen über Graubünden und seine Geschichte.

Die verhexte Dame

Ein Bursche von Klosters ging einmal noch vor Tagesanbruch in die Alp. Unterwegs traf er, auf dem Pardenner-Bödeli hinter Klosters, einen an einer Tanne angebundenen Fuchs. Er befreite ihn von seiner Fessel und der Fuchs lief davon. Nach Jahr und Tag ging dieser Bursche in niederländische Militärdienste.

Eines Morgens wurde er in der großen Stadt, in der er diente, in ein Haus gerufen. Man führte ihn in ein prachtvolles, reich möbliertes Zimmer, bewirtete ihn reich und gut. Das alles geschah auf Geheiß einer hochgestellten Dame, die sich mit ihm freundlich unterhielt. Zuletzt fragte sie ihn, ob er sie nicht kenne. Als er verneinte, fragte sie ihn weiter, ob er sich denn jenes Fuchses auf dem Pardenner-Boden nicht mehr erinnere. Das gab er zu. Der sei sie gewesen, sagte die Dame. Der böse Geist habe sie wegen Verspätung zum Hexentanz dort angebunden, um sie zu peitschen. So sei sie dann aber durch ihn letztendlich entkommen und der Strafe entronnen.

(Jecklin)

Der Fuchs in Fabel, Märchen und Sage tritt üblicherweise als listig und schlau auf, manchmal auch als hinterlistig. Selbst wenn er in eine Falle gerät, kann er sich meistens dank dieser Eigenschaften befreien. In dieser Sage ist aber keine Schlauheit von Nöten, sondern ein unbedarfter Mensch, dem die Frau, die hinter diesem Fuchs steht, späten Dank zollt. Das sie auch eine Hexe sein soll, gibt der Erzählung etwas Verruchtheit und die Mahnung mit, sich gut zu überlegen, wem geholfen werden soll.

Der Granitblock der Hexe

Nicht weit von Thusis liegt die zerstreute Gemeinde Tschapina. An den letzten Häusern derselben liegt ein kleiner Anger, auf dem sich ein großer Granitblock erhebt. Diesen hat eine Hexe dorthin gebracht, weil die Obrigkeit und die Gemeinde sie wegen ihren bösen Künsten hatte strafen wollen. Um die Gemeinde an der Ausführung ihres Urteils zu hindern, hatte die Hexe jenes Felsenstück vor die Türe der Ratsstube legen wollen, um die Richter auf diese Art einzusperren. Unterwegs aber riss ihr die Schürze, in der sie den Stein getragen. Derselbe fiel an jener Stelle zu Boden, wo er noch heute unter dem Namen der Hexenstein liegt.

(Kohlrusch)

Wenn etwas, was mit normalen menschlichen Mitteln nicht zu bewegen war, an einer Stelle lag, wo es üblicherweise nicht liegen sollte und konnte, dann mussten übernatürliche Begründungen und Ursachen gesucht werden. Bei Falera GR (zwischen Laax und Flims) findet man im Parc la Mutta eine Reihe von Menhiren aus Granit, die alles andere als zufällig dort angeordnet stehen.

Der Wuhrbau

In einer Häusergruppe von Cierfs im bündnerischen Münsterthale wohnten einst lauter Witwen und Waisen. Ob deren Gatten und Väter vom „schwarzen Tode", einer Seuche, die in ganz Europa wütete, hingerafft, oder von Kaiser Maximilians Landsknechten im Schwabenkrieg, oder von Baldirons Horden im Religionskrieg getötet wurden, ist nicht bekannt.

In der Nähe der Häuser rauscht ein gefährlicher Wildbach aus dem Wald hervor, der oft die Wiesen verwüstete. Eines Tages schleppten die Witwen und Waisen keuchend und schwitzend Steine und Äste herbei, um einen schützenden Damm aufzuführen. Die jenseits des Baches wohnenden Männer bauten auf ihrer Seite ein festes Wuhr aus Felsblöcken und Lärchenstämmen. Statt den Witwen und Waisen nach dem Gebot Gottes, die hilfreiche Hand zu bieten, spotteten sie herzlos, indem sie riefen: „Wenn ein Vöglein sich auf euern Damm stellt, wird er zusammenstürzen."

In der folgenden Nacht zitterte der Boden weit und breit. Die „Rüfe" stützte krachend aus dem Wald hervor. Eine unsichtbare Hand schützte jedoch den schwachen Damm, während das feste Wuhr fast spurlos verschwand.

(Herzog)

Eine Wuhr ist ein künstlich angelegter Wasserlauf. Der Ausdruck ist aus dem mittelhochdeutschen ‚wuor' abgeleitet und bezeichnet einen Damm zum Abhalten oder Ableiten des Wassers. Eine ‚Rüfe' ist ein Gebirgsbach, der nur während der Schneeschmelze Wasser führt. Mit dem ‚Schwabenkrieg' ist ein kriegerischer Konflikt zwischen den Schweizeri-

schen Eidgenossenschaften, dem Haus Habsburg und dem schwäbischen Bund gemeint, der von Januar bis September 1499 dauerte. Alois Baldiron (+1632) war ein Befehlshaber der spanisch-habsburgischen Truppen, die im Oktober 1621 über das Münstertal in die Schweiz einfielen und das Engadin, das Prättigau, Chur und Maienfeld besetzten. Der Versuch, im April 1622 die Ausübung des protestantischen Glaubens zu verbieten, artete im Prättigauerkrieg aus. Baldiron musste sich geschlagen geben und zog sich zurück, kehrte aber bereits im September 1622 mit einem starken Regiment zurück. Dieser zweite Feldzug war ein blutiger, in dem zahlreiche Dörfer und Städte in Schutt und Asche gelegt wurde.

Der versetzte Marchstein

Vor alten Zeiten gehörte die schöne Lampertsch-Alp in Zervreila den Valsern. Nun aber liegt sie im Gebiet von Blegno. Die Sage, wie diese Alp an letztere kam, lautet folgendermaßen: Mitte des siebzehnten Jahrhunderts hatte die Gemeinde Vals die jetzige große Kirche am Platz gebaut. Dieser Bau brachte die Einwohner in große Schulden, weshalb sie sich genötigt sahen, zwei Alpen, nämlich Tomül und Lampertsch zu verkaufen. Letztere, die beste Alp des Tales, wurde angeblich für die geringe Summe von tausend Gulden an Blegno verkauft. Ein Advokat von Bellenz soll den Kaufbrief ausgefertigt haben, mit genauer Bezeichnung der Kaufbedingungen und Angabe der Grenzen. In diesem Vertrag soll ausdrücklich angemerkt sein, dass die Alp auf der Ostseite bis zu einem gewissen siebenkantigen Stein herausreiche, wo als ‚Marche' ein steinernes Kreuz stand, dass sie dagegen auf der Westseite nicht weiter gehe als bis zum ‚Hornbach'.

Von diesem Kaufbrief wurden zwei gleichlautende Exemplare gefertigt und jede Partei erhielt eines davon. Durch Unvorsichtigkeit oder Betrug ging den Valsern ihr Kaufbrief verloren, was denen von Blegno zu Ohren kam. Letztere nicht faul, fälschten ihr Schriftstück, indem sie in hineinflickten, »sie gehet auf der Westseite ebenso weit als auf der Ostseite.«

Als nun die Blegner mit ihrem Vieh über den ‚Hornbach' rückten, übten die Valser Gegenrecht, worauf Erstere behaupteten, die gekaufte Alp reiche ost- und westwärts gleich weit hin, das stehe in ihrem Kaufbriefe. Am Hornbache stehe keine Marche.

Die Vorsteher von Vals untersuchten die Sache und fanden auch keine Marche. Diese hatte nämlich ein Blegner, nach Aussage anderer ein Misoxer, der bei einem Blegner diente, in den Bach hinuntergeworfen. Nun war freilich die Sache bald entschieden: Marche war keine da, und Schriften hatten die Valser keine mehr; der Prozess fiel zu Gunsten der Blegner aus.

Der Bösewicht, der die Marche beseitigt hatte, fiel bald darauf in eine Gletscherspalte und verlor auf so erbärmliche Weise sein Leben. Lange Zeit musste er auf einem feurigen Schimmel reiten, bei jedem Unwetter talaus, talein. Er erschreckte während der Nacht die Hirten und Herden, bis er auf den Lenta-Gletscher hinauf verbannt wurde, wo er in alle Ewigkeit sein Unwesen treiben soll.

(Jecklin)

Grenzsteine zu versetzen war eine böse Sache, kam aber vor. Zur Abschreckung dient wohl das schreckliche Ende desjenigen, der diese Straftat begangen hat.

Begräbnis und Grabstätte der Freiherren von Vaz

Der in rätischen Gauen sowohl hochgeachtete als auch gefürchtete, immerhin aber berühmte Freiherr Donat von Vaz, starb als der Letzte seines Geschlechtes im Jahre 1333. Er hinterließ zwei Töchter, Kunigunde und Ursala, Gemalinnen der Grafen Friedrich von Toggenburg und Rudolf von Werdenberg, jedoch auch einen Sohn, Namens Johannes Donatus, der aber als Mönch im Kloster Pfäfers 1395 ohne Nachkommen diese Welt verließ.

Die Sage erzählt, dass der mächtige Donatus in der Burg Castilion begraben wurde. Dort sollte aber seine Ruhestätte nicht sein. Jede Nacht stand er auf und beunruhigte die Bewohner des Schlosses und der Umgegend. Es wurden mancherlei Maßregeln getroffen, um seinen Geist zu beruhigen, aber alles war vergebens.

Nun grub man den Sarg wieder aus, lud ihn auf einen ganz neuen Wagen, der mit zwei Mesen (Zugtiere), die noch nie ein Joch getragen hatten, bespannt war, und gestattete den Tieren freien Zug. Da, wo die Tiere von selbst anhalten würden, sollte der Freiherr seine Ruhe finden. Die Mesen nun suchten der ungewohnten Last ledig zu werden und rannten den Weg bergan, der Lenzerheide zu, dann über den Sattel nach Parpan hinab und hielten erschöpft vor der Klosterkirche zu Churwalden stille. Wagen und Sarg, darin der Freiherr lag, waren in unbeschadetem Zustande. Dort legte man den Edlen mit Schild, Helm und Schwert von Castilion ins Grab.

Nach dem Tode des Freiherrn Donatus kamen dessen Güter unter die Verwaltung von Vögten, deren Einer ein rauer und eroberungssüchtiger Geselle war, welcher später eines gewaltsamen Todes starb. Längst schon lüstern auf ein Paar schöne Ochsen eines seiner Zinsbauern, fand er aber schlechterdings niemals einen Grund, diese sich anzueignen. Einstmals traf er den Bauer beim Pflügen an und der stattliche Zug der Ochsen weckte aufs Neue seine Habsucht. Roh, wie er war, gebot er im Zorne dem Bauern, die Ochsen auszuspannen und sie ihm in den Schlossstall zu stellen. Anscheinend gehorchend, bat der Bauer den Schlossvogt, die Tiere selbst loszukeilen und wegzunehmen. Der Vogt, im Übermaße der Freude, dass der Untertan sich so gefügig zeigte, fand es wohl der Mühe wert, die Tiere auszuspannen. Der Bauer, als wollte er ihm helfen, zog den eisernen Zugnagel am Pfluge und warf denselben dem Vogt auf den Kopf. Der Vogt fiel tot zu Boden und die bedrängten Untertanen waren vom letzten Vogt der vazischen Freiherren befreit.

(Jecklin)

Im Hochmittelalter waren die Freiherren von Vaz eines der mächtigsten Adelsgeschlechter im Alpenraum. Die heutige Gemeinde Vaz/Obervaz ist ein Teil ihres Nachlasses. Hauptsitz war zunächst die heute abgegangene Burg Nivagl, später die Burg Belfort im Tal der Albula, von der heute noch eine Ruine steht. Grablege der Herren von Vaz war das Prämonstratenserstift Churwalden. Donat von Vaz starb am 23. April 1337/38 in Churwalden. Sein Geburtsdatum ist nicht bekannt. Obervaz, das Erbe der Tochter Ursala wurde 1456 von Schams, Obervaz und dem Bischof von Chur gemeinsam den verarmten Grafen von Werdenberg-Sargans abgekauft. Noch im gleichen Jahre konnte sich Vaz/Oberwaz loskaufen und ist seither eine selbständige Gemeinde.

Alpensagen

Die tote Alp

In der Landschaft Davos liegt rechterseits vom Landwasser am serpentinhaltigen Gebirge die tote Alp, eine Strecke Land, auf welcher kaum einzelne Gräschen wachsen, während ringsherum üppige Alpen liegen mit saftigen und melken Kräutern und Gräsern. Auch jene dürre Steppe war vor Zeiten bewachsen. Es war die schönste Alp weit und breit. Dort hielt sich eine Sennerin auf. Einst kam ein armer Mann müde und durstig des Weges und bat sie um einen Labetrunk. Sie aber ließ den Armen schmachten und hieß ihn mit harten Worten weiterziehen. Der Arme, als er lechzend vor Durst und erschöpft niedersank, erhob seine Hände und beschwor die Rache des Himmels auf die Alp herab und siehe, von dieser Stunde an verdorrten die Kräuter und Gräser und man sieht heute noch deutlich die Grenzen der Alp, wo der dürre, verfluchte Boden an die üppigen Nebenalpen anstößt. Heute noch bemerkt man die zerfallenen Mauern der Sennhüte.

(Vernaleken)

Im Parsenn, einem Ski- und Wandergebiet oberhalb von Davos, gibt es ein karges Gebiet, das heute noch Totalp genannt wird.

Der Goldfluss am Rothorn

In dem Gebirgsstock, der sich zwischen der Lenzerheide und Grosen verzweigt, ist die höchste Spitze das rote Horn. Es ragt merklich über die anderen verwitterten Zacken empor und bietet, wenn man es bestiegen hat, eine schöne Aussicht auf das dahinterliegende höhere graubündnerische Schneegebirge und die Gletscher. Auch das rote Horn selbst schon beherbergt an seinem nördlichen Abhang einen kleinen Gletscher von einer Viertelstunde im Umfang. Schon der Name sagt, dass diese felsige Bergspitze rötlich gefärbt ist und lässt schließen, dass sich in ihrem Schoße Mineralien verbergen. So ist es auch. Am roten Horn waren Metallgruben, in denen noch im siebenzehnten Jahrhundert gearbeitet wurde.

Die Stadt Plurs im Veltlin, damals rhätischem Untertanenlande, welche im Jahre 1618 von einem Bergsturz verschüttet worden ist, betrieb diese Minen. Plurs war ein reiches Städtchen, das zwischen Cleven und der jetzigen Graubündner Grenze am Ausgange des Bergeller Tales lag. Dass aber die Plurser so reich waren, so glaubte man, ging nicht mit rechten Dingen zu. Die Sage erzählt, stunden sie mit unterirdischen Mächten im Bunde. Diese ließen ihnen in einer Mine am roten Horn täglich eine Kanne voll reinen Goldes fließen. Die Plurser wandten ihren Reichtum jedoch sehr übel an und nutzten ihn nur zu Schwelgerei, Luxus und Wollust. Aber das Gold sollte ihnen kein Glück bringen. Im Jahr 1618 bedeckte ein Bergsturz Plurs mit allen seinen Schätzen und keine Maus entkam.

Einzig ein Bündner Säumer wurde auf wunderbare Weise gerettet. Er kam mit seinen Saumrossen im Städtchen an und wollte dieselben einstellen. Aber das Vorross machte sich auf und davon und die anderen Rosse ihm nach. Er eilte hinterher und brachte sie zurück. Zum zweiten Mal riss das Vorross aus und die anderen mit ihm. Er holte sie wiederum ein und brachte sie zurück. Aber das Pferd bahnte sich zum dritten Mal Wege und eilte in schiefem Schritt dem Bergell zu und die übrigen Rosse hinterher. Da besann sich der Säumer eines bessern, ließ seine Rosse traben und zog mit ihnen des nämlichen Weges.

Am folgenden Morgen war Plurs nicht mehr. Von diesem Tage an war auch die Goldquelle am roten Horn versiegt und niemand hat sie mehr gefunden, obschon noch viel Gold im Berge liegt. Auch war es seit jener Zeit nicht mehr geheuer um das rote Horn herum. Vermutlich trieben sich die Plurser Verschütteten dort als Geister herum. So war namentlich eine Stelle in der Eroser Schafalp häufig von bösen Geistern und Hexen besucht und öfters werden dort zur Nachtzeit Hexentänze gehalten. Noch sieht man in einem Stein dort deutlich den Fußtritt eines Ziegenbockes und den Fußstapfen einer Hexe, die vom Ziegenbocke abgestiegen ist, auf dem sie zum Tanze geritten kam.

(Vernaleken)

Schuld an dem Bergsturz war der Lavezsteinabbau der Purser im Berg Conto. Zehn Tage Dauerregen füllten die Unterhöhlungen und Stollen und führten schließlich zu dem Bergsturz, der das Dorf Piuro (d.i. Plurs) und den Weiler Scilano (Schilan) unter sich begrub. Mehr als 900 Todesopfer soll es damals gegeben haben. Die damaligen Zeitungen bauschten diesen Vorfall weidlich auf. Matthäus Merian veröffentlichte noch 1642 eine Abbildung von Plurs vor und nach dem Bergsturz. Das das wohlhabenden Handelsstadt Neid weckte und nach dem Unglück die Schuld in ihrem Verhalten gesucht wurde, zeigt diese Sage deutlich.

Wie die Sennen das süß käsen lernten

Vor alten Zeiten sollen die Sennen kein Verständnis von der Zubereitung des »süßen« Käses gehabt haben; ihnen fehlte das Mittel dazu, die Milch zum Gerinnen zu bringen, ohne sie sauer werden zu lassen. Damals ließ man die Milch stehen, bis sie ganz dick war; dabei kam aber nur saurer Käse zustande, der bekanntlich nicht besonders schmeckt.

Die wilden Mannli oder auch Fänggen genannt, verstanden aber die Kunst des Süßkäsens, und von einem derselben hat einer unserer Vorfahren es gelernt. Nämlich im Maiensässe von Schuders lebte einmal ein wildes Fänggenmannli mit dem Sennen auf vertrautem Fuße und empfing von diesem mancherlei Geschenke und Gaben. Eines Abends sagte der Senne, er müsse morgen mit Butter zu den Seinigen ins Dorf hinunter gehen und bat das Mannli für ihn zu käsen. Der Fängge nahm den Vorschlag an, denn er wollte ihm nun einmal eine Probe seiner Kunst zeigen. Der Senne ging also ins Dorf, und das Mannli käste. Wie erstaunte aber der Senne, als er am Abend zurückgekehrt war und den vom Fänggen gefertigten Käse kostete und dieser so süss schmeckte, wie die frische Butter. Lange suchte er das Fängenmannli zu bewegen, ihm zu sagen, wie man süß käsen könne, aber das Bergmännlein war nicht zu überreden. Da griff der Senne zur List.

Nachdem einige Wochen vergangen waren, sagte er eines Morgens mit strahlender Miene, als der Fängge in die Hütte trat: »Jetzt chan i denn au süess chäsa.« Darauf ereiferte sich der wilde Kleine: »Häst süessa Chäs gmacht, so häst au Mâga g'ha.« Mit keiner Miene verriet der Senn, dass er nun auch um das Geheimnis wisse, das der Fängge ihm immer vorenthalten hatte, probierte mit dem »Gizimagen«; der Versuch gelang, und er war fortan im Stande, den besten süßen Käse zu machen. Das Fänggenmannli, als es sich so überlistet sah, gab die Freundschaft mit dem Sennen auf und wollte nichts mehr von ihm wissen.

(Jecklin)

Die Herstellung von Süßmilchkäse (Labkäse) ist bereits seit dem Altertum bekannt. Woher dieses Wissen kam, konnten sich die Menschen jedoch später nicht mehr vorstellen und griffen so zu Geschichten, in denen sie Dämonen und mythische Wesen einbezogen.

Sage vom grundlosen Schwarzsee

Einer alten Sage zufolge fiel einst ein Stier in den Schwarzsee. Er trug eine Glocke und konnte nicht mehr allein aus dem Wasser steigen. Wenn er mit seinen Hufen das Ufer betreten wollte, wich dieses zurück. Schließlich ertrank das entkräftete Tier. Viele Jahre später begab sich ein Aroser Landwirt zu Fuß nach Davos, um die Frauenkirche zu besuchen. Unterwegs fand er in einem Bach die Glocke des Stiers. Er konnte den Namen des früheren Besitzers auf der Glocke entziffern. Der Bauer meinte hierzu: „Ja, der Stier, der im schwarzen See ertrank, hat diese Glocke getragen. Ich kenne sie. Die Glocke ist im Bach zum Vorschein gekommen, denn der Schwarzsee besitzt keinen Grund."

(Wikisource)

Der Davoser Schwarzsee befindet sich im Ortsteil Davos Laret vor dem Wolfgangpasse. Es ist ein Bergsee auf einer Höhe von 1504 Metern, eingebettet in eine prächtige Alpenlandschaft. Er wird vom Schwarzseebach entwässert. Im Sommer dient er als Bade- und Angelsee.

Die Sage vom Gottlobstein beim Carmennapass

Früher hatte der Carmennapass für den Sommerverkehr von Chur nach Arosa eine große Bedeutung. Dieser Weg war bedeutend kürzer als diejenigen, die über die Ochsenalp und durchs Schanfigg führten. Aber er war auch viel steiler und beschwerlicher. Zuoberst auf dem Pass steht ein hoher, spitzer Felsblock, der Gottlobstein. Woher er diesen Namen hat, ist unschwer zu erraten. Wenn die Aroser Walser mit einer schweren Last die sieben Stunden von Chur glücklich emporgestiegen waren, so pflegten sie bei diesem Stein ihre Last abzustellen und zu ruhen mit dem Ausruf „Gottlob". Doch war es gut, nicht zu früh zu triumphieren.

Es soll einmal ein Aroser einen mit viel Mühe hinaufgeschafften Schleifstein beim Carmennastein abgelegt haben. Doch wie er nun den Rücken gerade streckte und sich den Schweiß von der Stirne wischte, da sei der schöne runde Schleifstein ins Rollen geraten, wieder den ganzen Abhang hinuntergerollt und dabei in Stücke zerbrochen. Ein anderes Mal ging ein Mann aus Arosa hinaus nach Chur, um Vorräte einzukaufen. Er wohnte mit seiner Frau im Ifang in Innerarosa. Es war schlechtes, nasses Wetter auf dem langen Heimweg zum Carmennapass. Bis zum Gottlobstein kam er noch mit seiner Last. Dort aber befiel ihn eine große Mattigkeit. Er legte sich nieder, den Kopf gegen den Felsblock gestützt.

Inzwischen wurde es seiner Frau Bange um ihn, als er so lange nicht heimkehrte. Sie entschloss sich, ihm entgegenzugehen und ihm zu tragen zu helfen. Doch sie kam kaum vorwärts, ein bissiger Wind blies ihr ins Gesicht. Dann fing es noch an zu schneien, und ein dichter Nebel kam auf. Mit aller Anstrengung gelangte sie bis zum Gottlobstein. Dort musste auch sie sich entkräftet niedersetzen und schlief ein. In der Nacht erfroren beide am Gottlobstein, sie unterhalb, er oberhalb. Die Hennen, die der Mann in Chur gekauft hatte, waren in einem Korb und hatten die Nacht überlebt. Der Korb hatte ihnen die notwendige Wärme gegeben, ja sie hatten sogar noch Eier gelegt. Ein ähnliches Ereignis soll sich der

Überlieferung nach auch am Oberen Carmennastein zwischen der Carmennahütte und dem Pass abgespielt haben.

(Wikisource)

Die Carmenna oder der Carmennapass ist ein Alpenpass mit einer Scheitelhöhe von 2368 Metern ü. M. Über das Obersäss und das Urdental verbindet er Innerarosa mit Tschiertschen im Schanfigg. Über die genau zwischen Weisshorn und Plattenhorn gelegene Carmenna führt ein im Sommer häufig benutzter, markierter Wanderweg. Er bietet in Verbindung mit dem Churer Alpweg am Nordfuß dieses Bergs eine beliebte Rundtour Arosa-Tschiertschen-Arosa.

Eine Glockensage

Man erzählt sich, dass zur Zeit der Reformation die Einwohner des katholischen Misoxertals und die des protestantischen Rheinwalds auf die kleine Glocke der Peterskapelle in der Nähe der Hinterrheinquellen solchen Wert gelegt hätten, das erstere sie mit Silbergeld füllen wollten, wenn letztere sie ihnen lassen wollten; allein umsonst. Das Glöcklein soll nun im Turm der Pfarrkirche Hinterrhein hängen und soll dort die kleinste mit der Umschrift: Ave Maria, gartia plena Dominus tecum sein.
(Schweizerisches Archiv für Volkskunde)

Der Hinterrhein (rätorom.: Rein Posteriur), ist einer der Quellflüsse des Rheins. Er entspringt an den Hängen von Rheinwaldhorn, Güferhorn und Rheinquellhorn und vereinigt sich bei Reichenau mit dem von links kommenden Vorderrhein zum nunmehr nur noch Rhein genannten Fluss.

Die Donna di Valnûglia

In dem waldigen Hochtal Buffalora im Münstertal wohnten einst gütige Feen. Ein schönes, grünes Alpental breitete sich dort aus. Doch durch den Vorwitz der Bewohner wurden die Geister gezwungen, die Gegend zu verlassen, die seitdem verödete. An die Stelle der holden Feen trat später ein seltsames Gespenst, die Donna di Valnüglia, eine weiße Frauengestalt, die aus dem Tale Nüglia herauskommt, und sowohl tags und nachts dort umgeht.

Diese interessante Persönlichkeit war einst Schaffnerin im Schloss zu Zernetz und veruntreute viel Gut. Nach ihrem Tod ging sie, mit ihrem mächtigen Schlüsselbund rasselnd, im Schloss um, bis die Schlossherrschaft sie durch einen geschickten Geisterbeschwörer in das öde Tälchen Nüglia bannen ließ. Dort geistert sie nun oft umher, den Schlüsselbund am Arm. Und was ihre Erscheinung noch grauenhafter macht, ist, dass sie keine Nase hat. Mit Vorliebe erschreckt sie die Reisenden, die über den Ofenpass gehen. Sie hat gar manchem schon durch ihr Schlüsselgerassel böse Wetter vorausgesagt.

(Jecklin)

Die Sagen über die weiße Frau sind europaweit verbreitet. In der Schweiz ist besonders die La Dame Blanche in der Ruine Rouelbeau im Kanton Bern bekannt. Meistens handelt es sich um adelige Frauen, die nach ihrem Tod aus unterschiedlichen Gründen umgehen. Eine weiße Frau aus dem bediensteten Stand und dazu noch ohne Nase ist allerdings ein Novum.

Der Zauberwolf

In Obervaz richtete ein Wolf über lange Zeit großen Schaden unter den Schafen an. Man machte oft Jagd auf ihn, aber es gelang nie ihn zu erlegen. Dabei war der Wolf gar nicht so scheu wie andere Wölfe, sondern näherte sich ohne Furcht. Er kam sogar öfters bis in das Dorf an die Brunnen, lappte Wasser und merkwürdiger Weise nicht aus dem Brunnentrog, sondern vom Rohr weg.

Die besten Jäger versuchten ihre Kunst umsonst an ihm. Da kam ein Tiroler Schleifer in das Dorf. Dem klagte man die Not und er sagte, er wolle ihnen ein Mittel angeben, den Wolf zu erlegen. Sie sollen ein Brett von einem halbverfaulten Totensarg nehmen, in welchem ein Loch von einem Ast sei, und sollen durch dieses Loch auf den Wolf schießen. Man befolgte den Rat. Als der Wolf wieder zum Brunnen kam, um Wasser zu lappen, schoss man auf die empfohlene Weise nach ihm und der Wolf fiel tot nieder. Aber siehe da, es war kein Wolf mehr, sondern einer der Kapuziner des Dorfes in seiner Kutte mit seinem schwarzen Barte.

(Vernaleken)

Die Sage vom Werwolf ist in weltweit verbreitet. Der Wortbestandteil ‚wer' stammt aus dem germanischen und bedeutet ‚Mann'. Bezeichnenderweise sind es meist Männer, die einen Pakt mit dem Teufel eingegangen sind, die ihre Gestalt wandeln können. Das in dieser Variante ausgerechnet ein Mönch zu einem Werwolf gerät, ist eine besonders perfide Variante.

Mythische Wesen

Die Sagen Graubündens sind reich an mythischen Wesen. Die meisten kennt man auch in den anderen Kantonen der Schweiz, jedoch nicht alle.

Die Alpmuetter

Ein Jäger ging im Spätherbst an einer Hütte der Alpe Drusen im Prätigau vorbei und hörte in derselben ein ganz sonderbares Geräusch und Getümmel, wie wenn es noch Hochsommer und die Sennen vollauf beschäftigt wären. Die Neugierde lockte den Waidmann, und er ging und guckte durch ein Astloch in die Alphütte hinein. Er gewahrte darin die leibhaftige Alpmuetter. Sie war ein altes, buckliges Weiblein, das, am Herd stehend, eifrig mit Kochen beschäftigt war. Rings um den Herd und die bucklige Köchin herum tanzte eine Schar kleiner Tiere, alle etwelche Küchengeräte in den Vorderpfoten haltend – das eine ein Salzbüchschen, das andere eine Kochkelle, das dritte einen Seihwisch – ausgenommen eines, das leer tanzte und nichts in den Pfoten trug. Zu diesem kleinen Taugenichts wandte sich plötzlich das Weibchen und knurrte: »Du Hanschäsperle, choz' mer Schmalz!« Und siehe da, Hanschäsperle erbrach Schmalz in Hülle und Fülle.

(Jecklin)

Die „Alpmuetter" – Mutter der Viehalpen – gehört in die Gruppe der Alp-Bütze (Alp-Dämonen). Sie erinnert an Berchta, mehr aber an Hulda, die Göttin der Viehweiden und des Melkens, aber auch an ein geisterhaft weibliches Wesen, das in den Alphütten von Vorarlberg und Prätigau eine Rolle spielt. Diese ergreift, sobald die Herden im Herbst talab gezogen sind von den Sennhütten Besitz, und haust und wirtschaftet darin mit ihrem Gesinde den ganzen Winter über. Da machen sie dann einen großen Lärm beim sennen, käsen, die »Gebsen« zu brühen, die Kessel zu fegen und die Kuhketten herumzuwerfen, dass man es bis ins Dorf hört. Das Hanschäsperli ist wohl ein Zwergname.

Der wilde Küher

Ein Fänggenmannli hütete viele Sommer hintereinander zu Conters die Heimkühe, ohne je irgendeine Belohnung anzunehmen. Nun wurden einmal die Bewohner des Dorfes einig, dem wilden Hirten für seine Dienste einen schönen Anzug zu geben. Nie trieb dieser Wilde die Kühe bis ins Dorf, sondern nur bis zu einem Stalle oberhalb desselben. Von dort kehrte er stets zurück in eine Waldhöhle, die seine Wohnung war. Jeden Morgen aber wartete er beim nämlichen Stall, bis die Leute ihre Kühe dorthin brachten, dann zog er mit der Herde zur Weide, ins Dorf hinunter kam er niemals.

An diesem Stalle nun legten sie ihm eines Abends ein neues Kleid ab und beobachteten am folgenden Morgen im Geheimen, wie er ihr Geschenk aufnehme und wie dieses ihm anstehen würde. Er kam zur gewöhnlichen Stunde, die Kühe auf die Weide zu treiben, erblickte das Kleid, nahm dasselbe gleich zur Hand und versuchte, es anzulegen. Lange Zeit konnte er mit dem neuen Gewand nicht fertig werden. Erst nach vielen Versuchen brachte er die Umwandlung zu Stande. Nun betrachtete er sich gefällig, hüpfte freudig in die Höhe, warf seinen Hirtenstab hoch durch die Luft von sich, nahm jauchzend bergan Reißaus und rief:

»Was wett au so ‚ne Weidelamâ,
No mit de Chüene z'Weidela gâ.«

Damit verschwand er und ward seitdem nie wieder gesehen. Auch gaben von da an die Kühe nicht mehr so viel Milch als zurzeit, da er sie gehütet.

(Jecklin)

Das Fänggenmannli zu Savien

Ähnlich wie die Küher zu Conters und Mombiel machte es ein Fänggenmannli in Savien. Das hütete einem Bauern viele Jahre hindurch die Kühe und nahm dafür allabendlich ein Näpfchen Milch in Empfang, die es leidenschaftlich liebte. Die ihm anvertraute Herde vermehrte sich wunderbar und gedieh prächtig. Solange sie unter seiner Obhut stand, verunglückte kein einziges Stück.

Die Frau des Bauern verfertigte nun einmal ein Paar lederne, kurze Höslein, verzierte sie mit roten Schnüren und legte sie als Lohn dem Kuhhirtlein hin. Der Fängge konnte mit dem Ding zuerst gar nicht zurechtkommen und schlüpfte mit den Ärmlein hinein. Als es ihm aber so nicht passte, probierte er es an die Füße, betrachtete sich ganz wohlgefällig, warf dann seinen Hirtenstab weit von sich, lief davon und kam nicht wieder.

(Jecklin)

Das Fänggenweiblein in der Klemme

Einst sah ein Waldfänggenweiblein neugierig einem Mann zu, der in einem Walde bei Churwalden Latten spaltete. Es saß am Boden, an einen Lerchenstamm gelehnt, und da rief der Mann, es möchte ihm doch ein wenig helfen und die Latten auseinanderhalten. Das Weiblein war dazu bereit und half ihm, so gut es konnte. Plötzlich aber zog der hinterlistige Mann die Axt heraus, die Latten klappten zusammen und klemmten dem Waldweiblein die Hand so ein, dass es dieselbe nur mit Verlust dreier Finger wieder herausziehen konnte.

(Jecklin)

Fänggen sind Erdmännlein, von denen nicht nur im Schweizer Alpenraum berichtet wird. Meist sind sie wohltätig, können aber auch als Walddämonen, Hexengestalten oder baumverbundene Waldfeen beschrieben werden.

Das Nachtvolk

Nach dem Zeugnis eines Bürgers von Jenins bezieht das Nachtvolk, das immer zu Hauf als Volk bei Nacht, nur ausnahmsweise bei Tag, auftritt, im Herbst nach der Alpentladung die Sennhütten, und macht sich den ganzen Winter über ein Geschäft daraus, die im Sommer verschüttete Milch zu buttern und zu käsen.

Da geschah es einmal, dass ein Mann in einer solchen Sennhütte mit seiner Kuh übernachtete. Um Mitternacht wurde er durch einen großen Lärm aus seinem Schlaf aufgestört. Da war es das Nachtvolk, das den Lärm gemacht hatte, und das eben tüchtig zechte und schmauste, und

all das zur Schmauserei nötige Fleisch aus dem Leib seiner Kuh heraus-
schnitt. Das Nachtvolk lud den Graubündner ein mitzuhalten. Der dachte
sich, wenn es so ‚für und nach geht,' so will ich dazutun, ging hin, schnitt
aus seiner Kuh ein Stück Fleisch und steckte es wie die anderen Zecher
an einen Holzspieß, um es an demselben über dem Feuer zu braten.
Nachdem das nächtige Gesindel bei Tagesanbruch sich entfernt hatte,
fand der Graubündner seine Kuh ganz unversehrt, mit Ausnahme des
Stückes Fleisch, das er selbst ausgeschnitten hatte.

(Herzog)

Das Nachtvolk auf Obersaxen

Ein Bauer ging spät in der Nacht an dem zerfallenen Stall vorbei, dessen
Umgebung ‚Sand' genannt wird, und der eine halbe Stunde vom Meier-
hof entfernt lag. Da hörte er ein Tönen, wie wenn man an metallene Ge-
genstände schlägt. Durch die Bäume gewahrte er einen lichten, roten
Glanz, meinte auch geisterartige Gestalten um den Stall herumhüpfen zu
sehen. Einige dieser Gestalten spielten mit goldenen Kugeln, die sie in
den Händen hielten. Der Mann versteckte sich und sah dem Treiben lange zu. Bald vernahm er die schönste Musik, die er seiner Lebtage je gehört hatte, und alsbald fingen die Gestalten an zu tanzen. Dann ver-
stummte die Musik, und die Gesellschaft fing einen solchen Spektakel
an, dass ihm Hören und Sehen vergingen.

Wie er nun so da lag, und einer der umherspringenden nächtlichen
Geister ihn entdeckte, wurde er von diesem ziemlich unsanft am Kragen
gefasst, und auf den Heimweg gewiesen. Obgleich seiner Sinne kaum
mächtig, konnte er noch bemerken, dass die Gestalten keine bestimmte
Form hatten, aber dreikantige Köpfe trugen, mit feuersprühenden Augen,

und dass ihre Stimmen nur ein Krächzen waren, keiner menschliche Stimme ähnlich. Er ging heim und lag über dem Schrecken mehrere Wochen krank. Dieser Spuk wurde zur gleichen Zeit auch von anderen Personen gesehen, die den gleichen Weg gingen.

(Jecklin)

Das ‚Nachtvolk‘" in den Schweizer Sagen ist eine Gruppe von übernatürlichen Wesen, die angeblich während der Nacht aktiv sind. Das Nachtvolk wird oft als eine Ansammlung verschiedener Kreaturen und Geister beschrieben, die in der Dunkelheit ihr Unwesen treiben. Unvorsichtige Menschen werden heimgesucht, oder es spielt ihnen Streiche, wenn sie sich während der Nacht an ungewöhnlichen Orten aufhalten oder sich ungebührlich verhalten. In einigen Sagen wird auch von nächtlichen Versammlungen des Nachtvolks berichtet, bei denen sie tanzen, singen und feiern.

Das Totenvolk

Einst wütete die Pest im Prätigau und die Familie v. O. flüchtete sich in ein entlegenes Berggut, einen Knecht zurücklassend. Bei diesem erkundigte sich die flüchtige Familie von Zeit zu Zeit, ob sie nicht bald wieder heimkehren könnte; er aber warnte selbst dann noch davor, als längere Zeit kein Pestfall mehr vorgekommen war.

Endlich, nachdem ein altes Weib noch daran gestorben war, rief er die Herrschaft zurück, und erzählt dann, er habe kurz vor dem Ausbruch der Pest eines Morgens früh beim Füttern der Pferde ein sonderbares Gemurmel, wie Bienengesumse, vom Dorfe her gehört, er sei unter die Tür getreten, um zu schauen, was es gebe, und habe dann das Totenvolk, einen langen Zug noch lebender Leute gesehen, dem Kirchhofe zuwallen, und zwar ganz in der Reihenfolge, wie sie später an der Pest verstorben seien; zuletzt sei dann noch eine ziemliche Strecke hinter den andern jenes alte Weib nachgehumpelt, welches die Seuche zuletzt hinraffte. Deswegen habe er bis zu deren Bestattung die Herrschaft vor der Rückkehr gewarnt.

(Herzog)

Das Totenvolk in der Alpe Novai

Wenn jemand im Herbst in der Alpe Novai, nachdem das Vieh von der Alpe heimwärts gezogen, in gewissen Nächten übernachte, so sehe er einen Mann aus dem Käsekeller der Alphütte heraufkommen mit Sennenlederkappe und aufgestülpten Hemdärmeln. Der Mann zünde dann Feuer auf dem Herd an, und schaue ‚grausam laid' drein, bis es zwölf Uhr geschlagen habe. Dann beginne es sich draußen vor der Hütte zu regen und es versammele sich das Totenvolk. Das singe dann dem Sennen ein Lied nach, das wie ein Psalm töne, und ziehe in langer Reihe langsam und singend talab, in eines der Dörfer, noch vor Tagesanbruch einen neuen Todesgeweihten zu holen. Beim hell werden stieben alle wieder auseinander und verschwinden.

(Jecklin)

In Schweizer Sagen ist mit ‚Totenvolk' die mythologische Vorstellung von Wesen verbunden, die mit dem Reich der Toten in Verbindung stehen. Man sagt, dass das Totenvolk aus Geistern, Seelen oder anderen übernatürlichen Wesen besteht, die in der Nähe von Friedhöfen, Gräbern oder anderen Orten des Todes anzutreffen sind. Das Totenvolk wird oft als düstere und gespenstische Erscheinungen beschrieben. In einigen Sagen wird behauptet, dass es sich um die Geister verstorbener Menschen handelt, die noch nicht zur Ruhe gekommen sind oder um rastlose Seelen, die noch unerledigte Angelegenheiten auf der Erde haben. Es wird erzählt, dass das Totenvolk nachts oder zu bestimmten Zeiten besonders aktiv ist und die Lebenden in verschiedenen Formen heimsuchen kann. In einigen Geschichten wird behauptet, dass sie sich in Form von Lichtern, Schatten oder unheimlichen Gestalten zeigen und die Menschen erschrecken oder sie auf Irrwege führen.

»Und näher kam ein Leichenzug,
Der Sarg und Totenbahre trug;
Ihr Lied war zu vergleichen
Dem Unkenruf in Teichen.«

(Zitiert bei Jecklin)

Der Hausbutz Stutzli

Noch ganz das gutmütige und zutrauliche Wesen eines Hausgeistes zeigte in Serfrangen bei Klosters ein Hausbutz, der Stutzli genannt wurde. Sein Lieblingsplätzchen war die Ofenbank. Da kam in dem Hause, wo Stutzli sich befand, ein Kindlein zur Welt, und wenn man das Kindlein in der Wiege zur Ofenbank stellte, wiegte der Stutzli dasselbe die längste Zeit. Nach und nach verschwand der Stutzli. Man sagt, er wurde erlöst durch das Wiegen des unschuldigen Kindleins.

(Jecklin)

Der launige Alpbutz

Von einem ganz launigen Kerl von Butz wurde auch in der Ober-Säß in Schlapin erzählt. Auf dieser Alp hat einmal der Großhirt im Herbst bei, Verlassen der Alp mit Vorbedacht ein Rind zurückgelassen. Des andern Tages schickte er seinen Kleinhirten hinauf auf die Alp, das vergessene Tier zu holen. Auf der Nonnenalp hauste aber seit undenklicher Zeit schon ein Butz im ‚Dajagmach'. Der Großhirte mochte den Kleinhirten nicht leiden, und dachte sich, wenn der kleine Nichtsnutz allein hinauf-kommt, so wird ihn der Alpbutz schon in Empfang nehmen.

Der Kleinhirte nahm auf Geheiß seines Meisters den Weg unter die Füße und kam zur Alphütte, wo er im Stafel das Rind findet, behaglich wiederkauend. Er setzt sich nieder zur Rast, packt seinen Schnappsack und fängt an zu ‚marenden'. Nach einer Weile kam der Alpbutz herein, und kauerte sich ohne Wort und Werk neben dem schmausenden Klein-hirten auf den Boden nieder. Der Kleinhirte bot dem Butze auch von sei-nem ‚Marende' an, und der griff tapfer zu. Beim Abschied gab dann der Butze dem Hirten ein zierliches ‚Schelmapfîfli' (eine Flöte) als Geschenk.

Als das Hirtlein abends mit dem Rind und dem ‚Schelmapfîfli' nach Hause kam, schaute der Großhirt ganz verwundert drein, um so mehr als er vernahm, das Pfîfli habe einen so schönen Ton. Er dachte: Der Butz muss doch so arg nicht sein. Ein solches Pfîfle möcht ich auch haben. Er ließ sich dasselbe zeigen und probierte es aus. Oh wie schön konnte er mit dem Pfîfli musizieren, so laut, dass es in den Bergen widerhallte und so leise und milde, dass er es selbst kaum hörte.

So eins muss dir der Butz auch geben, ob er will oder nicht, sagte er sich. Er ging dann auch allein denselben Herbst nach der Alp, aber der habsüchtige Großhirte ist nicht mehr zurückgekommen.

(Jecklin)

Der Butz (auch Bütze, Butze, Putz, Boz, Buz, Butzenmann, Busche-mann, Bugimann, Bullebeiß, Busemand, Buhmann, Boesman, Bööli-mann, Bölimaann oder Böögg genannt) ist eine Sammelbezeichnung für erschreckende Dämonen und Gespenster, besonders alle kobold- oder zwergenartigen. Diese mythischen Wesen sind überwiegend aus dem süddeutschen, schweizerischen Raum bekannt – aber nicht nur – und wurden stark gefürchtet. Mit Stafel werden die einzelnen Stufen in der Dreistufenwirtschaft, wie sie in den Alpen in Form der Almwirtschaft be-trieben wird, bezeichnet, wobei dieser Begriff ein römisches Lehnwort ist und auf dem lateinischen stabulum unter anderem für Stall beruht. Mit ‚Marende‘ wird eine aus Speck, Schüttelbrot und Wein bestehende Stär-kung am Nachmittag bezeichnet. Der Begriff und diese Sitte stammen aus Südtirol.

Die Dialen

Im Unterengadin und im Münstertal erschienen vormals feenhafte weib-liche Wesen, wie die Sagen auch in andern Tälern Graubündens noch von solchen unter dem Namen ‚Waldfänken‘ erzählen. Es sind nicht sol-che wie die ‚wilden Männlein und Weiblein‘. Es kamen stets nur weibli-che Wesen vor. Im Unterengadin und Münstertal nannte man sie „dial-as“. Es waren weibliche Wesen von leidlicher Schönheit, sehr freundlich und gutherzig. Ein Umstand aber entstellte sie in den Augen mancher Leute, sie hatten Ziegenfüße.

Sie erschienen öfters den Hilfsbedürftigen, geleiteten verirrte Wanderer auf den rechten Weg und bewirteten Hungrige und Durstige. Armen Leuten, die im Schweiße ihres Angesichts arbeiteten und nach einer Labung lechzten, erschienen sie hin und wieder, breiteten ein weißes Tuch vor ihnen aus und trugen auf blendend silbernen Geschirr Speise und Trank auf. Es fürchtete sich auch niemand vor ihnen, denn man kannte ihre gute Gemütsart.

Einmal ging eine arme Frau durch einen Wald. Müde setzte sie sich einige Augenblicke auf einen Stein. Sie befand sich in gesegneten Umständen und war lüstern nach einem Stückchen neugebackenen Brotes. In ihrer Heimat, wo man nur einige Mal im Jahr backt und darum das Brot gewöhnlich sehr hart isst, gehörte, wie auch noch heutzutage, neugebackenes Brot zu den Leckerbissen. Sei es nun, dass sie ihre Lüsternheit laut werden ließ, sei es das eine Diale ihre Gedanken belauschte, als sie sich aufrichtete, um weiterzugehen, duftete ihr der Geruch von neugebackenem Brot entgegen und sie erblicke ein solches noch dampfend neben sich im Moos liegen.

In neueren Zeiten sieht man keine Dialen mehr. Die böse Welt hat sie verscheucht. Einst arbeitete eine Familie auf dem Feld und nachdem alle recht fleißig gewesen waren, erblickten sie plötzlich ein Tuch ausgebreitet und silberne Gefäße mit Speise und trank darauf. Die Dialen hatten es aufgedeckt und hießen die Arbeiter sich lagern und essen und trinken, mit ihrem gewöhnlichen Ausdruck: „iss und lass" das sollte so viel sagen, als man sich gütlich tun solle, das Silbergeschirr aber nicht antasten. Der Knecht der Familie aber war ein böser Mann. Der steckte den silbernen

Löffel in die Tasche. Sogleich verschwand das Gedeck, der Löffel wurde zu Feuer und seither erschienen in jener Gegend die Dialen nicht mehr.

Die Dialen pflegten in Grotten zu wohnen, die sie schön ausschmückten. Auch hatten sie weiche, reinliche Lagerstätten aus Moos. Einst kam ein Mann zu einer solchen Grotte, sah sie leer, trat ein und legte sich verwegen auf eine Lagerstätte. Als die Dialen kamen und ihn erblickten, entfernten sie sich eiligst und wurden dort seitdem nicht mehr gesehen.

In Guarda lebte ein Mann mit seiner Frau in Unfrieden und als er auf seiner Bergwiese sein Heu aufladen sollte, um es nach Hause zu führen, hatte er niemand, der ihm dabei Hilfe leistete, denn seine zänkische Frau wollte ihm nicht beistehen. Da erschien eine Diale und half ihm sein Fuder laden. Er hielt sie für ein gewöhnliches Weib. Als sie aber auf dem Fuder stand, bemerkte er ihre Ziegenfüße und dachte bei sich selbst, nun sei er übel dran, der Teufel stehe auf seinem Wagen. Die Diale fragte ihn nach seinem Namen. Er dachte, dem Teufel wolle er seinen Namen nicht sagen und antwortete: Ich heiße ‚ich selbst‘. Und als das Fuder geladen war, stach der Mann der Diale seine eiserne Heugabel durch den Leib und fuhr dann rasch davon.

Die Diale ließ einen durchdringenden Schmerzensschrei hören. Bald sammelte sich eine große, unabsehbare Menge Dialen um sie herum. Sie fragten: Wer hat das getan? Sie gab sterbend zur Antwort: „Ich selbst". Da sagten die anderen: „Was man selbst tut, genießt man selbst". Seit dieser Zeit aber wurden in Wald und Feld keine Dialen mehr gesehen und nunmehr sind sie längst spurlos verschwunden.

(Vernaleken)

Die Dialen sind Dämoninnen und entstammen der rätoromanischen Überlieferung. Der Name leitet sich vermutlich vom romanischen Wort

Dealis oder Dialis ab und bedeutet ‚gottähnliche Wesen'. Sie wandeln in weißen oder roten Kleidern, wohnen in Höhlen, und haben Ziegenfüße. Das sie gutartig sind und helfen weiß jeder in Graubünden. Um so verwunderlicher ist in der letzten Sage die Verwechslung mit dem Teufel. Dies ist vielleicht ein krasser Hinweis darauf, dass Traditionen und Überlieferungen verloren gehen.

Der Drache im Castieler-Tobel

Ehemals, als noch das Schloss »Castellum« zu Castiel in Schanvigg stand, hauste in der Nähe desselben, im »tiefen Tobel«, ein fürchterlicher Lindwurm, der den Weg durch das Tobel verlegte und der nur dadurch zu begütigen war, dass jeden Monat aus den drei Gemeinden Castiel, Cavraisen oder Lüen ihm ein Mensch als Opfer gebracht wurde. Zu dieser Zeit kam ein riesenfester Mann mit seiner einzigen Tochter aus der Fremde über die Berge und ließ sich in der Gemeinde Lüen nieder.

Nun kam wieder die Zeit, wo der Drache, wie gewohnt, sein Opfer forderte; das Los traf die Gemeinde Lüen und gerade die Tochter des Fremden. Alle Rücksicht auf Selbsterhaltung verleugnend, beschloss er, zur Rettung seines Lieblings den Kampf mit dem Drachen zu wagen. An jenem bestimmten, schicksalsschweren Tage führte er an der Linken seine Tochter, in der Rechten hielt er das Schwert. Mit Beben sah das versammelte Volk der drei Dörfer einem schrecklichen Ausgang entgegen.

Unerschrockenen Herzens näherten der Fremde und seine Tochter sich dem Ungetüm. Dieses schwang seine Riesenflügel und stürmte mit weitgeöffnetem, feuerschnaubendem Rachen hinzu, sein Opfer zu verschlingen. Der Mutige warf ihm eine Allermannsharnisch-Wurzel zu, stieß ihm schnell das Schwert in den von Schuppen nur schwach bewahrten Hals und erlegte so den Drachen.

Gleich nach der ruhmvollen Tat sank er auf die Knie und dankte, mit erhobenem Schwerte, der Vorsehung für die Rettung aller von dem Ungetüm. Da fiel vom Schwerte ein Blutstropfen des Drachen herab auf sein Haupt und das schreckliche Gift desselben tötete ihn augenblicklich.

Das dankbare Volk ehrte sein Andenken in seiner Tochter. An der Stelle, wo der Kampf mit dem Lindwurm stattgefunden hatte, steht jetzt die Kirche von Castiel.

(Jecklin)

In Graubünden gibt es viele Sagen über Drachen, so dass man fast schon von einer eigenen Drachen-Kultur reden könnte. Er taucht in Märchen und Sagen auf und schmückt viele Hausfassaden in den Dörfern der Surselva. Sogar in einigen Kirchen ist er zu finden. Das Dorf Trun soll der Sage nach von einem Drachen, der hoch im Gletscher von Punteglias hauste, benannt worden sein. Ebenso soll sich der Ortsname Sedrun auf einen Drachen beziehen (drun = dragon). Wenn der Fluss Drun Geröll ins Dorf bringt, sagen die Leute „il drun vegn" (= der Drache kommt). Der Allermannsharnisch (Allium victorialis), auch Siegwurz, Schlangenwurz und Bergknoblauch genannt, ist eine Pflanzenart der Gattung Lauch und wächst vor allem in den Hochgebirgen.

Böse Gestalten

Das Böse tritt in den Sagen Graubündens in unterschiedlicher Gestalt auf. Teufel und Hexen kommen wie andernorts auch vor. Doch es gibt auch spezielle Wesen.

Der starke Balz

An einem Herbsttag ging der Fuhrmann Balz ab Langwies von Chur nach Tschiertschen. Noch in der Nacht wollte er heimgehen. Es war stockdunkel, so dass man ihn warnte, weiterzugehen, da ihm so leicht ein Unfall zustoßen könnte, und er dann hilflos umkommen würde. Balz aber war ein unerschrockener Wildner, und hart wie der Felsen, an den daheim sein Häuslein lehnte, doch roh und gottlos war er auch. So tat er den Fluch, er gehe heim, und wenn selbst der Teufel käme, der würde ihn nicht baschgen, oder auf den letzten Weg bringen.

Gesagt, getan, der böse Balz ging los und ließ sich nicht halten. Er kam glücklich in den Wald hinter dem Dorf, und ging unbeschadet bis zum Holzriese, das ins Tobel fällt. Aber dort stellte sich ihm ein Mann von sonderbarer Körperbildung entgegen, der behauptete, Balz sei auf dem unrechten Wege. Balz ließ sich nicht beirren und wollte, den Unheimlichen bei Seite drückend, den ihm bekannten Weg weitergehen. Nun machte sich der Fremde daran, den Balz gewaltsam vom rechten Wege abzuleiten. Der aber ließ sich den Bart nicht zausen und wurde mit dem Andern handgemein. Beide waren jedoch gleich stark. Es war ein fürchterliches Ringen. Ein Bube mit einer Laterne war ihm nachgegangen. Dem grauste es vor der Balgerei und er eilte heim, zu erzählen was er vernommen und gesehen hatte.

Im Dorf horchte man, ob nicht ein Hilferuf von Balz, der in der Dunkelheit den Weg unbedingt verfehlen musste, zu vernehmen sei, damit man etwa noch helfen könne. Lange Zeit war nichts zu hören, bis auf einmal ein verworrenes Fluchen vom Tobel herüberklang, dann ein Krachen und Rascheln, als ob ein großer Stein durch die Stauden hinabrolle. Erst nach einer Weile wurde es still. Am Morgen suchte man nach dem Balz, der ohne Zweifel herabgefallen sein musste, doch nirgends konnte man ihn finden.

Nach vielen Monaten kam endlich Balz wieder zum Vorschein, von Langwies heraus nach Tschirtschen, aber man bemerkte an ihm eine gewaltige Veränderung. Er war nicht mehr so roh und gottlos.

Man fragte ihn, wie es ihm in jener Nacht gegangen sei, und da erzählte er. Im Ries sei ihm der Böse, den er bis anhin nicht gefürchtet habe, begegnet. Mit dem habe er gerungen, bis es z'Tag glüt'. Keiner habe den Andern wollen laufen lassen und sie hätten sich Beide zu erwürgen versucht. Im Ringen seien sie miteinander das Ries hinuntergekugelt und noch unten im Tobel, am Wasser hätten sie gerungen und Keiner lugg lassen wollen. Da habe es gegen Morgen z'Tag glüt' und auf einmal sei der Andere verschwunden.

Balz zeigte die Male an seinem Halse, und von da an hieß das Ries, wo der Böse ihn gepackt hatte, das »Balz-Ries«.

(Jecklin)

Der Teufel war für die Menschen vor allem in ländlichen und alpinen Gebieten eine reale Bedrohung. Dieses materialisierte Bild des Bösen, aus christlichen und vorchristlichen Vorstellungen gestaltet, diente unter anderem zur Erklärung von Situationen, die nicht so ausgegangen sind, wie erwünscht und zur Warnung vor unbekannten Gefahren. Das der Teufel

– also das Böse schlechthin – nicht unbesiegbar sei, kommt auch in vie-
len Sagen, Märchen und Legenden zum Ausdruck. In dieser Sage ringt
jemand mit dem Bösen und geht dabei als Sieger hervor. Das diese Be-
währungsprobe ihn zu einem ‚Gläubigen' macht, wird noch einmal extra
hervorgehoben.

Die Hexenfahrt

Ein Mädchen diente als Magd bei einem Bauern zu Fanas. Sie bemerkte
bald, dass ihre Meisterin sich oft am Abend vom Hause entfernte, und
dabei auf eine unerklärliche Weise aus der Küche verschwand. Einmal
verbarg sich die Magd im Kellergange und beobachtete, wie die Haus-
frau leise in die Küche schlich, aus einem Schäfflein eine kleine Büchse
hervorholte und diese öffnete, wie sie dann eine rote Salbe aus dem
Büchslein nahm, davon an den Besenstiel strich, dass Büchslein wieder
schloss und schnell an Ort und Stelle legte. Danach setzte sie sich hurtig
auf den Besenstiel und mit den Worten: »Zum Chämi us und niena-n-â«
flog sie durch den Kamin zum Dache hinaus. Die Magd wartete und wartete, bis am Morgen kurz vor Tag die Frau den gleichen Weg durch den
Kamin herab wohlbehalten wieder anlangte, den Besen in den Winkel
stellte und in ihre Kammer ging.

»Wenn dô nit öppis derhinder steckt, so weiß i nüt meh, das mueß i
erdüüsla,« dachte die Magd und begab sich nun auch zur Ruhe. In einer
Nacht, wo die Frau unwohl war und die Magd freie Hand hatte, holte
auch sie das Büchslein hervor, öffnete es, nahm von der Salbe und
machte alles akurat so, wie die Meisterin, außer dass sie rief: »Zum Chämi us und überall â,« und so geschah es denn auch; sie flog zwar auch
durch den Kamin, stieß aber überall an, so dass sie die Wände des Ka-

mins überall rein fegte. Der Besen führte sie auf den Hexentanz auf Sträla. Gegen Tagesanbruch stoben alle wieder auseinander, und auch sie ritt heim durch den Kamin hinab, stieß aber »überall â.« – Eine gute Zeit war sie dann unwohl und gestand der Meisterin ihre Neugierde. Diese befragte sie weiter, worauf die Magd erzählte, wie es sonst so schön gewesen sei auf Sträla, nur das Kaminfliegen habe ihr nicht gutgetan. – Von nun an teilten sich Frau und Magd schwesterlich in den Gebrauch der Salbe im Büchslein.

(Jecklin)

Als Hexe wurde eine Frau bezeichnet, die Schadzauber ausüben konnte. Üblicherweise reiten sie auf Besen – zumindest im deutschsprachigen Raum – und unterscheiden sich im Alltag nicht von anderen Frauen. Um Hexen zu erkennen, gibt es zahlreiche Regeln und Rezepte. So sollen durch ein Astloch in einem Brett, das von einem ausgegrabenen Sarg stammt, Hexen und andere böse Gestalten zu erkennen sein. Hexen sollen sich häufig in Katzen oder Krähen verwandeln, weshalb man diese Tiere stets mit einer gewissen Furcht betrachten soll. Um zu verhindern, dass eine Hexe ins Haus kommt, muss man den Kehrbesen verkehrt herum hinstellen. Zu welchen Ausartungen dieser Hexenglaube führen konnte, haben die Ausschreitungen der Hexenverfolgung in der Neuzeit (nicht im Mittelalter!) gezeigt. Inzwischen hat sich ein neuer Hexenglaube breitgemacht, der den Hexenbegriff positiv umdeutet. Frauen, die sich mit Heilkräutern und alten Naturreligionen beschäftigen, nennen sich selbstbewusst Hexe.

Das Doggi in Laus

Eines Abends gingen zwei Knaben von Surrein nach Laus »z'hengert.« Als sie zu einem Stall kamen, sahen sie andere Burschen, die ihnen auflauerten. Sie versteckten sich im Heu, das im Stall aufgehäuft lag, um abzuwarten, bis die anderen gingen. Das Warten wurde ihnen aber zu lange, und sie schliefen ein.

    Plötzlich fühlte einer die schwere Bürde des Doggis; er war seiner Sinne nur halb bewusst, und mit größter Anstrengung suchte er das Ungetüm von sich abzuschütteln, was ihm erst nach langem Kampf gelang. Als er sich nach und nach seiner besser bewusst wurde, schnellte er sich in die Höhe. Das Doggi musste ihn loslassen und flüchten. Er sah ihm, so gut die Dunkelheit es ihm gestattete, nach, und erkannte, dass das Doggi in der Gestalt eines weißen Schweins den Heustall verließ.

(Jecklin)

Der Doggi ist eine mythologische Kreatur, die oft als ein furchterregendes, manchmal auch als beschützendes Wesen beschrieben wird. Es handelt sich um eine Art Drache oder drachenähnliches Wesen, das in den Alpenregionen der Schweiz sein Zuhause hat. Es wird in den Sagen oft als geflügelter Drache mit starken Krallen und einem scharfen Schnabel dargestellt, meist mit einem dichten Fell bedeckt. Es kann eine beeindruckende Größe erreichen. In einigen Geschichten wird er als feuerspeiender Drache beschrieben, der Berge bewacht oder Schätze hütet. Manchmal nimmt es auch Gestalt anderer Tiere an.

Der wilde Geißler

Wer mehrmals in der Nacht durch Wald und Feld, durch Gebirge und Tal gezogen ist, der hat gewiss auch schon den wilden Geißler rufen gehört. Sein Ruf tönt oft sehr schauerlich und wehmütig durch die Lüfte und wer allein des Weges zieht, der hört ihn ungern. Es hütet sich auch jeder wohl, ihm zu antworten. Einst hat ein junger Mann in seinem Übermut der Warnung gespottet und nachts einem rufenden Geißler entgegengejauchzt. Er hatte es aber schwer zu bereuen, denn er wurde von Stunde an heiser und blieb heiser bis zu seinem Ende.

Ein Geißler hatte sich bei schlechtem Wetter in eine zerfallene Alphütte verirrt. Er kam um Mitternacht in altmodischer Kleidung wie ein Senn, stellte eine Gelte Milch nach der anderen auf den Rahmstock und rahmte sie. Er schüttete den Rahm in ein eigenes Gefäß, dann in den Schmalzkübel; die Milch in den Kessel, feuerte und käste er nach allen Regeln. Um ein Uhr in der Nacht verschwand er mit tiefem Ächzen und Geheul.

(Vernaleken)

In Schweizer Sagen bezieht sich der Begriff „Geißler" auf eine mythologische Gestalt oder ein übernatürliches Wesen. Es handelt sich um eine Art Dämon oder Geist, der oft eine bedrohliche oder schreckliche Erscheinung hat. Er wird oft als eine Kreatur mit tierischen Merkmalen beschrieben, wie zum Beispiel Hörnern, Klauen oder einem pelzigen Körper. Er wird mit dem Bösen, der Dunkelheit oder dem Unheil in Verbindung gebracht und kann den Menschen Unheil oder Leid bringen. In einigen Erzählungen wird der Geißler auch als Verkörperung des Teufels oder eines bösen Geistes dargestellt.

Legenden

Das Marien-Bild in der Kirche zu Thusis

In der Kirche zu Thusis, welche der Mutter Gottes geweiht war, befand sich bis zur Zeit der Reformation in dortiger Gemeinde, anno 1526, ein wundertätiges Maria-Standbild, das aber von den Anhängern der neuen Lehre, zu welcher eben auch die Einwohner von Thusis sich bekannten, in den Nolla geworfen wurde.

Waren nun bis dahin die Verheerungen durch dieses unscheinbare Wildwasser nicht von besonderer Bedeutung und Ausdehnung gewesen, brachte von dieser Zeit an der Nolla öfters Massen von Geschiebe und er wurde immer wütender.

Und es wird der Nolla nun immer ärger wüten, und von Jahr zu Jahr mehr Grund und Boden wegfressen und fortspülen, bis das Standbild der Mutter Gottes wieder auf seine ehemalige Stelle in der Thusiser-Kirche kommt. Geschieht dies nicht, so berichten düstere Stimmen, gräbt der Nolla unaufhörlich weiter, bis er das ganze Dorf weggespült hat.

(Jecklin)

Der Nolla, der in Thusis in den Hinterrhein fließt, zählt zu den gefürchteten Wildbächen Graubündens. Mit vielen baulichen Maßnahmen versuchte man, ihn zu zähmen, doch sorgte der Bach über die Jahrhunderte immer wieder für Angst und Schrecken. Auch heute sind noch große Investitionen nötig, um die Stadt und ihre Bürger vor ihm zu schützen.

Der heilige Luzius

Luzius, ehemals König von Britannien, verließ Szepter, Krone und Vaterland, um, dem innern Drange folgend, den Heiden auf dem Festlande das Evangelium zu predigen. Er kam nach langer Wanderung in die alte Stadt Augsburg, wo er aber um Christi Willen großen Lebensgefahren ausgesetzt war. Er musste flüchten und nahm von dort aus den Weg nach Oberrätien. So gelangte er nach vielen Mühsalen und Verfolgungen über den heute so benannten Luzien-Steig oberhalb der ehemaligen römischen Station »Majæ–villa« (Mayenfeld), in Bünden an. Im Steigwalde traf er eine arme Frau, die keuchend ein mit Holz beladenes Wägelchen bergan zog. Der fromme Mann erbarmte sich ihrer und spannte einen stets ihn begleitenden Bären vor das Wägelchen.

Das Ziel seiner weiten und mühevollen Reise erkannte er in der Nähe der alten Curia Rætorum. Am Abhange des Mittenberges, unweit des römischen Castrums, fand der bejahrte Pilger eine kleine, etwas entlegene, aber geschützte Ruhestätte unter einem überhängenden Felsen, in einer Grotte im Waldesdunkel, welche seither unter dem Namen St. Luzius-Löchlein bekannt ist. Von dort aus unternahm der Heilige seine Missionsgänge, predigte den Heiden in der Umgegend, taufte und bekehrte sie.

Jetzt steht in der Felsenhöhle eine ihm geweihte Kapelle.

(Jecklin)

Der heilige Luzius von Chur war ein Missionar und ist Heiliger der römisch-katholischen Kirche. Es wird behauptet, dass er um 166 n.Chr. König in Britannien gewesen und von Papst Eleutherius mit einem Missionsauftrag gerufen wurde. Er soll auch der erste Bischof der Stadt Chur gewesen sein, allerdings gibt es dafür keine Belege. Wahrscheinlicher ist, dass er aus der Region Prättigau oder Montafon im Vorarlberg stammte, deren alte Bezeichnung Britanni war. Vermutlich fand sein Wirken im 5. oder 6. Jahrhundert statt. Die heilige Emerita soll seine Schwester gewesen sein.

Die heilige Emerita

Die Geburtsstätte der heiligen Emerita ist Britannien. Sie war die leibliche Schwester des Königs Luzius, des späteren Bischofs und Apostels von Rhätien. Ihr Bruder hatte sie im christlichen Glauben unterrichtet, und da sie getauft war, wurde sie eine eifrige Verfechterin des christlichen Glaubens. Nachdem Luzius das britische Land verlassen hatte, um den im Schatten des Todes sitzenden Heiden das Licht des Evangeliums zu verkünden, so entschloss sie sich, ihren Bruder, diesen Heidenapostel aufzusuchen und ihn in den heiligen Missionswerken zu unterstützen.

Nach langer Reise fand sie durch den Geist Gottes geführt den Lucius in der Höhle bei Chur, als er geraden den Heiden predigte. Mit Freude wurde sie von Lucius aufgenommen und lebte einige Zeit in großer Frömmigkeit bei ihm. Doch bald ergriffen sie die Heiden, verurteilten sie zum Feuertod und verbrannten sie bei Trimmis, zwei Stunden von Chur entfernt.

Die heilige Asche und die übrigbleibenden Gebeine wurden gesammelt, in ein Tuch gewickelt und verborgen. Am Marterplatz selber wurde später ihr und dem heiligen Apostel Andreas zu Ehren eine Kirche gebaut, welche später die Protestanten übernahmen. Seltsame Dinge werden von dieser Kirche erzählt. So solle man an der Kirchenmauer einen weiblichen Kopf sehen, obgleich man das Gemälde schon oft zugepflastert oder eingemauert habe. Die Gebeine und Asche der heiligen Märtyrin Emerita samt Tuch soll noch heute in der Kathedralkirche von Chur verehrt werden. Ihr Fest wird am Tage nach dem Fest des heiligen Luzius, am vierten Christmonat in Chur begangen.

(Rolfus)

Die Heilige Emerita, der Legende nach Schwester von Luzius von Chur, folgte ihrem Bruder nach Graubünden, um dort ebenfalls das Evangelium zu predigen. Sie endete als Märtyrin auf dem Scheiterhaufen bei Trimmis. Im Hochaltar der Kathedrale St. Maria und Michael und im Lucius-Altar von 1511 ist jeweils eine plastische Darstellung der heiligen Emerita zu sehen. Man erkennt sie an einer Krone, einem Mantel mit Spange und einen dürren Ast, der ihren frühen Tod symbolisiert.

St. Gaudentius

Gegen Ende des 4. oder zu Beginn des 5. Jahrhunderts kam Gaudentius, Bischof von Novarra, von den Arianern verfolgt, in die rätischen Alpen und suchte vor seinen Verfolgern Schutz im Tal Bregallia, wo er sowohl Heiden als auch christliche Irrgläubige vorfand. Zunächst predigte er im unteren Teil des Thales, wurde aber, wie andere Glaubensboten, meistens nicht angehört und gar noch verhöhnt und verfolgt.

Er flüchtete nach der oberen Talseite, an die Quelle der Maira, wo er sich in der Gegend des heutigen Casaccia niederließ und eine Klause baute. Dort an der römischen Heerstraße über Septimer und Julier setzte er sein Bekehrungswerk fort, zunächst mit Erfolg, wurde dann aber, nachdem er in der Züchtigung der Laster der Vornehmen zu kühn verfuhr, von diesen als Irrlehrer und Gotteslästerer beim römischen Statthalter verdächtigt und zum Märtyrertod verurteilt.

Oberhalb Casaccia, hart am Wege nach Moloja, steht eine noch gut erhaltene Kapelle, ein alter gotischer Bau, dem heiligen Gaudentius geweiht. Zu ihr pilgerten in früheren Zeiten große Scharen Gläubiger. Es war dies ehemals ein berühmter Wallfahrtsort.

In der Gegend des heutigen Dorfes Vicosoprano erwarb Gaudentius sich die Märtyrerkrone. Unter einer alten Lärche wurde er enthauptet. Sein Leib erhob sich jedoch schnell vom Block, nahm sein Haupt und trug es selbst hinauf, dahin, wo eben die nach ihm benannte Kapelle stand. Dort legte er sein Haupt in die Erde und sich selbst dazu.«

Märchen

Der Rabe

Es war einmal ein Graf von uralter Herkunft, der jedoch nur geringes Vermögen hatte. Dieser ging eines Tages, über die Zukunft seines einzigen, holdseligen Töchterleins sinnend, durch den Wald. Da rief ihm von einer Eiche herab eine krächzende Stimme zu, einen Augenblick zu verweilen. Der gute Graf schaute empor und erblickte einen Raben mit glänzendem Gefieder. Der sprach zum Grafen: »So du mir dein Töchterlein zur Frau gibst, erhältst du des Goldes die Fülle.« Dessen war der Graf wohlzufrieden, ging heim und führte die Tochter zum gefiederten Bräutigam, der sagte zu ihr: »Schöne Jungfrau, geht mit mir in die Kapelle meines Schlosses, kniet hin vor dem Altar einen ganzen Tag, füllet den bereitstehenden Krug mit Euren Tränen und begießt, wenn ich am Abend heimkomme, damit mein Gefieder. Tut Ihr solches, ohne den Inhalt des Kruges zu verschütten, so hat die böse Hexe, die mich in einen Raben verwandelte, keine Macht mehr über mich und vor Euch steht ein junger, stolzer Ritter.« Sprach's und flog von dannen, der Jungfrau durch das Dickicht den Weg zu einem fernen, prächtigen Schloss zeigend. In der Kapelle angelangt, kniete des Grafen Töchterlein hin und tat, wie ihr geheißen war.

Als sie aber am Abend mit dem vollen Tränenkrug in den Hof treten wollte, um des Raben zu harren, tat sie einen falschen Schritt und verschüttete einen Teil des kostbaren Inhaltes. Da schwebte der Rabe herbei und sagte, dass er mitnichten erlöst sei, und die Jungfrau ihr frommes Werk von Neuem beginnen müsse. Und die Rabenbraut erhob sich früh morgens vom Lager und hatte mit dem sinkenden Abend das Krüglein mit ihren Tränen wieder gefüllt. Aber auch diesmal gingen ihr ein paar Tropfen verloren. Abermals kam der Rabe herbeigeflogen und ermahnte gar rührend die Weinende, doch am dritten Tag des Inhaltes zu achten, weil er sonst noch hundert Jahre als Rabe verzaubert durch die Wälder fliegen müsse. Und das Mägdlein nahm sich die guten Worte sehr zu Herzen, weinte bitterlich den ganzen dritten Tag hindurch, und als der Abend heraufdämmerte, richtete sie ein inniges Gebet zum Himmel empor. Dieses Mal gelangte sie bebenden Herzens aber mit sicherem Schritt ohne Unfall auf den Schlosshof, wo der Rabe ihrer wartete. Dann goss sie den Inhalt des Kruges auf das glänzende Gefieder des Vogels, und vor der errötenden Jungfrau stand auf einmal ein herrlicher Ritter, welcher ihr für seine Befreiung mit warmen Worten dankte, der künftigen Herrin die im Schloss aufgehäuften Schätze an Gold und Edelsteinen zeigte und sie dann mit prunkendem Gefolge in die bereits halb zerfallene Burg ihres Vaters geleitete, wo eine prachtvolle Hochzeit gefeiert wurde. Dann kehrten sie alle in das große Schloss des jungen Fürsten zurück, um dort für viele, viele Jahre in ungetrübter Freude zu leben.

(Jecklin)

Das Katzenschloss

An einem Sommerabend ritt ein Rittersmann durch einen Wald. Im tiefsten Dickicht stieg er vom Pferd, um an einer rauschenden Quelle zu rasten. Da stand plötzlich ein Schwarm grauer Katzen vor ihm. Das wunderliche Volk miaute und schrie, und wies nach einem halbverborgenen Pfad, dass der Ritter, sein Ross führend, folgen musste. Voran hüpften und tanzten und sprangen die grauen Tiere, den Weg weisend. Dem ernsten Manne entlockte dies ein leises Lächeln. Die sonderbaren Wegweiser liefen und hüpften durch Gestrüpp und Gesträuch, bis Ritter, Ross und Katzen vor ein schimmerndes Schloss auf grünem Hügel kamen. Mit lächerlichen Gebärden hieß der Katzentross den fremden Mann in die weiten Hallen treten.

Der Ritter band sein Pferd an eine Säule von Marmelstein und gelangte, stets von Katzen geleitet, in einen hohen Saal, wo auf prächtigem Thron zwei wunderschöne Katzen lagen, eine weiße und eine schwarze, welchen die übrigen Tiere mit den Zeichen unverkennbarer Huldigung nahten. Der Ritter wollte die seltsamen Inhaber des Schlosses anreden; denn er merkte wohl, dass hier etwas Besonderes vorging; allein ehe er sich's versah, befand er sich in einem anderen prunkvollen Gemach, wo ein auserlesenes Nachtessen seiner harrte. Er aß und trank sich an den herrlichen Speisen und an den dunkelroten und goldhellen Weinen satt und suchte Ruhe auf einem seidenen Bett im nahen Prunkzimmer, wo er bald den Schlaf des Gerechten schlief.

Es dauerte aber nicht lange, da zupfte etwas an der seidenen Decke, und als der Ritter wach wurde, sprach die schwarze Katze zu ihm folgendermaßen: »Vor einigen Jahren war ich ein mächtiger Fürst, die weiße Katze meine Tochter und die grauen Katzen mein Hofstaat. Da kam ein böser Zauberer, dem ich nicht zu Willen gewesen, und verwandelte uns alle in Katzen. Wenn Ihr aber den Mut habt, diese Nacht auf jenen Hügel zu steigen, wo die drei goldenen Kreuze blinken, die Zauberwurzel am Fuße des mittleren Kreuzes herunterzuholen und mich und meine Tochter und mein Gesinde damit zu berühren, so könnt Ihr uns befreien. Ihr sollt dann meine Tochter zur Frau haben und mit ihr zusammen über mein Volk herrschen. Vor Gefahren aber warne ich Euch.«

Der Ritter besann sich nicht lange, griff nach seinem Schwert und zog voll Gottvertrauen hinaus in die dunkle Nacht. Als er aber den Berg zu besteigen begann, da hub ein Geheul an, wie wenn die Hölle ihre Tore auftäte. Es sauste und krachte durch die Lüfte, aus den Ritzen stiegen Schreckensgestalten empor, Blitze schlugen nieder; aber der Ritter verfolgte unbekümmert seinen Weg. Er erreichte die Höhe, wo die drei Kreuze standen und brach mit mutiger Hand die Zauberwurzel, während der Berg in seinen tiefsten Tiefen erbebte.

Als er wieder zu Tale abstieg, war aller Spuk verschwunden. Vor dem Tor des Schlosses wartete seiner der Katzenfürst und seine Vasallen. Diese berührte er mit der Zauberwurzel, und im gleichen Augenblick strömte ein Lichtmeer durch den Palast, einen prachtvollen Hofstaat beleuchtend. Auf dem Thron saß ein königlicher Greis, neben ihm die anmutigste Prinzessin und im weiten Kreise Ritter und Edeldamen in reichster Hoftracht. Da winkte der König dem Ritter heran, legte die Hand der erglühenden Tochter in die seinige, und der Festlichkeiten war kein Ende.

(Jecklin)

Von den drei goldenen Schlüsseln

Drei arme Brüder gingen hinaus in die weite Welt, um Schätze zu suchen. Sie trennten sich vor den Toren der Stadt. Der Älteste gelangte in ein ödes Gebirge, wo er eine Fee fand, die ihn in ihren Dienst nahm. Die Fee bewohnte ein marmornes Schloss auf granitenem Grunde.

Als ein Jahr verflossen war, sagte die Fee zum ältesten der drei Brüder: »Ich muss fort und komme eine lange Zeit nicht. Inzwischen aber bist du der Hüter meines Schlosses und dir übergebe ich die drei goldenen Schlüssel zu den drei verschlossenen Zimmern.« Das Zimmer rechts und das Zimmer links darfst du öffnen, nicht aber, so dir dein Leben lieb ist, das Zimmer in der Mitte, in welchem alle Herrlichkeiten der Welt liegen. Sprach's und verschwand. Der junge Mann öffnete die Tür links und erschaute, denn er sah des roten Goldes die Fülle. Dann öffnete er die Tür zum Zimmer rechts und wich zurück, geblendet von smaragdenem Glanze. Vor der Tür in der Mitte aber blieb er bebend stehen, den Kampf kämpfend zwischen Pflicht und Neugierde. Die Letztere siegte. Er öffnete das Tor und er blickte in die unbeschreibliche Pracht aller Herrlichkeit der Welt. Kaum aber hatte sein Auge gesehen, was zu sehen dem Menschen nicht vergönnt ist, da fühlte er seine Glieder erlahmen und erkalten und er verwandelte sich in einen schwarzen Marmorstein.

Nach Jahr und Tag kam der zweite Bruder des Weges gegangen, trat ebenfalls in den Dienst der Fee, erhielt die drei goldenen Schlüssel, ließ sich aber auch von der Neugierde verleiten, öffnete das mittlere Tor und ward zu einem grünen Marmorstein. Zuletzt erschien der jüngste Bruder im Schloss und nahm, wie seine Vorgänger, Dienst bei der Fee, erfüllte aber alle Bedingungen. Er öffnete die linke Tür, öffnete die rechte Tür und ließ das Tor in der Mitte verschlossen.

Da stand die gütige, Anmut ausstrahlende Fee vor ihm, legte die Hand auf sein Haupt und vor ihm erschloss sich in blendendem Schimmer die Herrlichkeit der Welt. Die Fee berührte dann den schwarzen und grünen Marmorstein mit einer Rute, gab den verzauberten Brüdern ihre frühere Gestalt zurück und hieß die Drei sich mit Schätzen zu beladen und gehen. Das taten die Brüder und gingen dankend von dannen. Als sie aber das Antlitz zurückwendeten, war vom Schloss nichts mehr zu sehen. Wo sich die stolzen Hallen aufgetan hatten, stand nun eine schwarze Felsenwand.

(Jecklin)

Nebeliges Engadin

Meine Frau liebt den Julierpass, und so fuhren wir während unseres Urlaubes an einem Septembertag hinüber.

Auf der anderen Seite bogen wir aber nicht links zum mondänen St. Moritz ab, sondern fuhren rechts weiter an den Seen entlang. Die Wolken hingen tief. Nebel lag über dem Silvaplanasee. Wir fuhren nicht schnell, um diese traumhafte Stimmung zu genießen. Fast glaubte ich, dass Butze, Fängen, Nebelmännlein und Doggi aus dem Nebelschwaden auftauchen, vielleicht gar die weiße Frau. Da kaum Verkehr war, gab es keine hupenden Drängler, doch schien jeder weitere Kilometer verlorene Zeit. Diese Stimmung musste ausgenutzt werden. Kurz vor dem Silsersee sahen wir einen Parkplatz. Wir hielten, denn ich wollte fotografieren, versuchen, diese Stimmung einzufangen.

Ein Schild wies auf den Ort Sils, der gleich hinter der Brücke begann. Wir hatten keinen festen Plan, und so beschlossen wir, uns den Ort anzusehen. Viel war da nicht, eine Kirche mit Friedhof, ein paar Häuser, ein Hotel. Die Straße führte geradeaus, und da wir an diesem Tag noch nicht ausreichend Bewegung hatten, folgten wir der Straße ungefähr einenhalb Kilometer, bis zum nächsten Ort, der etwas mehr Infrastruktur aufwies.

Schon der Name Sils hatte bei mir etwas anklingen lassen, ich wusste jedoch nicht, woher. Dieser zweite Ort hieß Sils-Maria, was wohl bedeutete, dass die Orte zusammen gehörten. Der Name kam mir nun noch viel bekannter vor. Während wir an den malerischen Häusern vorbeigingen, durchforschte ich meine Erinnerung, während meine Frau in diesen und jenen kleinen Laden hineinschaute und trotzdem immer ein wenig vor mir war. Dann wusste ich, woher ich den Namen kannte. In diesem

Augenblick zeigte meine Frau mit dem Finger auf ein Schild und rief: „Schau, ein Haus, in dem Friedrich Nietzsche gelebt hat."

Wir traten heran, aber es war geschlossen, öffnen würde es erst in eineinhalb Stunden. Wir beschlossen, uns zu trennen. Meine Frau wollte weiter die kleinen Lädchen im Ort abklappern, und ich lief zum Auto, um meine analoge Kamera zu holen, die ich mitzunehmen vergessen hatte. Anderthalb Kilometer zurück und dann noch einmal bis zum Haus, das brachte ausreichend Bewegung, um später ohne schlechtes Gewissen den warmen Apfelstrudel zu genießen, der auf der Tafel vor dem Hotel neben dem Nietzsche-Haus angepriesen wurde. Dort im Hotelrestaurant wollten wir uns treffen und bei Tee und Apfelstrudel die Zeit abwarten, bis das Nietzsche-Haus für Besucher geöffnet wurde.

Das Hotel war groß, gediegen ausgestattet, und im Restaurant waren die Tische so weiträumig verteilt, dass genügend Platz dazwischen blieb und das Gefühl von Enge gar nicht erst aufkam. Als ich eintrat, saß meine Frau schon und studierte die Teekarte. Die Bestellung war schnell aufgegeben, und es dauerte nicht lange, da wurde das Gewünschte gebracht. Die junge Bedienung ließ sich von meiner Frau in ein Gespräch verwickeln über den Ort, die beiden Wintersaisons, die Leben in den Ort brachten. Sie erzählte auch, dass sie nicht von Sils-Maria stamme, sondern aus einem kleinen Dorf jenseits des Berninapasses. Beim Genießen des Apfelstrudels schauten wir aus dem Fenster und sahen die Wolken- und Nebelfetzen mal stärker und mal schwächer durch den Ort schweben. Etwa zehn Minuten vor Öffnung des Museums wurde meine Frau ungeduldig und ging schon mal vor. Da ich davon ausging, dass man nach Öffnung nicht sofort wieder schließen würde, blieb ich sitzen und erlaubte mir, nach dem Bezahlen das Gespräch mit der Bedienung noch etwas weiterzuführen. Täglich fahre sie nicht heim, erfuhr ich, dazu sei der Weg zu weit. Aber wenn sie ab morgen wieder für zwei Tage frei habe, dann schon. Allerdings würde sie nicht heute Abend fahren, sondern gleich Morgen um sechs in der Früh, das Auto dann am Pass abstellen und zu Fuß hinübergehen. „Jetzt liegt da oben etwas Schnee, und es ist so schön, zu Fuß hinüberzugehen", sagte sie. „Es sieht alles so verzaubert aus." Das beeindruckte mich, und ich sagte ihr, dass ich es gut fände, wie sehr sie solche Eindrücke noch genießen könne. Dann war es aber Zeit für das Nietzsche-Haus.

In diesem Haus wohnte der Philosoph in den Sommermonaten von 1881–1888. Das Zimmer ist karg eingerichtet und belassen, wie es der Dichter genutzt hat. In anderen Räumen sind Ausstellungen zu sehen. Tafeln an den Wänden informieren über Leben und Werk des Denkers und Personen aus seinem Umfeld, auch über andere Prominente, die es nach Sils-Maria verschlagen hat wie beispielsweise den russischen Dichter Boris Pasternak. Man kann in diesem Haus aber auch wohnen. Es ist als Begegnungsstätte für Künstler, Schriftsteller, Gelehrte, Studenten, Journalisten und philosophisch und kulturell Interessierte gedacht. Zimmer können für mindestens drei Nächte und maximal drei Wochen angemietet werden.

Wir verbrachten dort eine anregende, kurzweilige Stunde. Als wir es verließen, fing es leicht zu nieseln an. Der Nebel hatte sich wieder verdichtet. Wir fuhren zurück, jenseits des Julierpasses besserte sich das Wetter zunehmend, und am Abend konnten wir an unserem Ferienort Salouf sogar noch die untergehende Sonne bewundern.

Quellen

Caspar Decurtins: Märchen aus dem Bündner Oberlande, Chur 1874

Alfons von Flugi: Volkssagen aus Graubünden, Chur und Leipzig 1843

Heinrich Herzog: Schweizersagen, Aarau, 1871

Ed. Hoffmann-Krayer (Hrsg.): Schweizerisches Archiv für Volkskunde,
2. Jahrgang, Zürich 1898

Dietrich Jecklin: Volkstümliches aus Graubünden I + II, Zürich 1874

Georg Clemens Kohlrusch: Schweizerisches Sagenbuch, Leipzig 1854

Karl Rolfus: Klänge aus der Vorzeit, Mainz 1874

Theodor Vernaleken: Alpensagen, Wien 1858

Wikipedia & Wikisource

Inhalt